Where's Spot?

¿Dónde está Spot?

Eric Hill

F. WARNE & Co.

That Spot!
He hasn't eaten
his supper. Where can
he be?

¡Oh Spot!
Todavía no comió su cena.
¿Dónde puede estar?

Is he behind the door?

¿El está detrás de la puerta?

Is he inside the clock?

¿El está dentro del reloj?

Is he
in the
piano?

¿El está dentro del piano?

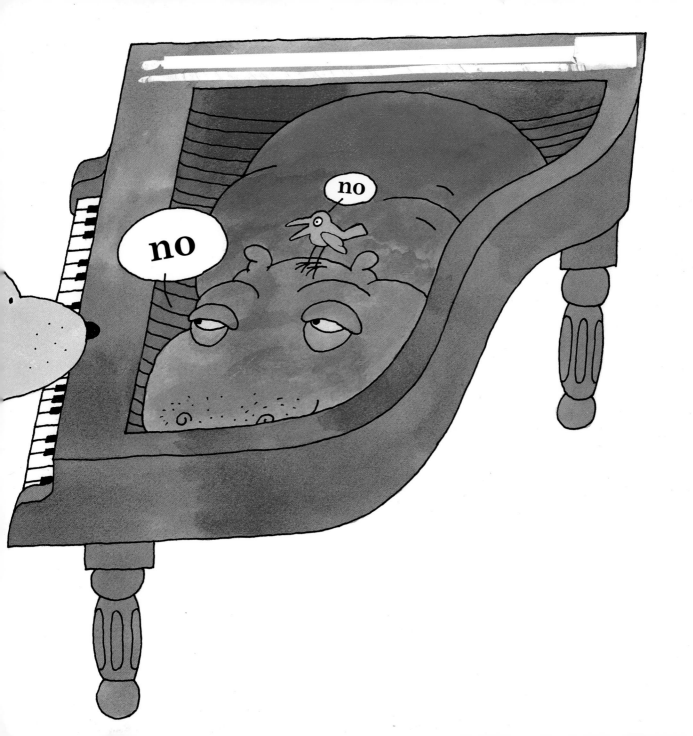

Is he under the stairs?

¿El está debajo de las escaleras?

Is he
in the closet?

¿El está dentro del
armario?

Is he under the bed?

¿El está debajo de la cama?

Is he in the box?

¿El está dentro de la caja

There's Spot!

He's under the rug.

¡Hay Spot!
El está debajo de la alfombra.

Busca en el cesto.

Good boy, Spot!

¡Eres un buen niño Spot!

FREDERICK WARNE
An Imprint of Penguin Random House

026

Manufactured in China

ISBN 978-0-14-250126-9